AF495859

LES COQUELICOTS

Paris. — Imp. Émile Voitelain et Cᵉ, rue J.-J.-Rousseau, 15.

LES

COQUELICOTS

RECUEIL

DE CHANSONS, ROMANCES, CONTES, FABLES

ET POÉSIES DIVERSES

PAR

UNE SOCIÉTÉ D'AUTEURS ÉDITÉS PAR EUX-MÊMES

De l'art et du travail cumulant les ennuis,
Je sûrai le matin sur l'œuvre de mes nuits.

HÉGÉSIPPE MOREAU.

PARIS

COMPTOIR DE LA LIBRAIRIE DE PROVINCE

50, RUE JACOB, 50

1859

LES COQUELICOTS

GRIVOISERIE.

AIR : Aussitôt que la lumière (Adam Billaut).

Amis des belles vendanges,
Gais buveurs, attablez-vous !
Je veux chanter les louanges
Du jus qui flatte vos goûts.
Si je m'érige en trouvère,
Arrangez-vous de façon
Qu'à chaque couplet mon verre
Profite de la chanson.

Brave Noé, sois mon maître,
Sois mon ange et mon soleil,
Toi dont la main fit renaître
Les pampres au fruit vermeil !
Sachez, Muse de l'histoire,
Redoubler d'efforts constants
Pour qu'un fait si méritoire
Soit prôné dans tous les temps.

Dans ses complots si la haine
Attire tant d'insensés,
Je le déclare avec peine,
C'est qu'on ne boit pas assez.

Les opinions contraires
Pactisent sans déshonneur,
Et tous les hommes sont frères
Dans les vignes du Seigneur.

Oui, sur ta face empourprée,
Bacchus, je jure en ce jour
Que ta liqueur colorée
Sera mon unique amour.
Qu'on m'enfourne dans la bière,
Que sur moi l'on dise : *Amen!*
Si jamais un pot de bière
Arrosait mon abdomen.

Que le dieu de la finance
Vienne changer mon destin,
J'ai formé mon plan d'avance
Pour employer mon butin.
Pardonne à ton fils indigne,
Paris, splendide prison ;
Mais dans un quartier de vigne
J'irai bâtir ma maison.

Qui fait babiller nos belles?
Qui nous rend force et santé?
Qui lance les étincelles
Où s'enflamme la gaîté?
Qui fait narguer les obstacles?
Qui vient réchauffer l'hymen?
Le vin fait tous ces miracles :
C'est l'ami du genre humain.

FERNANDO.

ERRARE HUMANUM EST.

CONTE.

Hier, j'ai pris ma volée avec trois demoiselles
Qui bondissaient sur l'herbe ainsi que des gazelles,
Joyeuses de trouver, loin du sombre Paris,
L'air pur, le ciel bleu, l'eau claire et les prés fleuris.
Toutes trois badinaient et me charmaient sans cesse :
La cadette, affectant de grands airs de princesse,
Prononçait, les mêlant de *tguis*, de *tgos*, de *tgus*,
Des discours qu'achevaient toujours des cris aigus ;
La grande, elle, dansait, Terpsichora nerveuse,
Tandis que la plus jeune, inquiète, rêveuse,
Suivait d'un œil distrait par d'âpres visions,
Nos mille ébattements, nos mille expansions.
Quels transports animaient notre troupe folâtre
Qui des lits de gazon avait fait son théâtre,
Et qui, sous les couverts ou dessus les sillons,
Semblait, aux ailes près, un vol de papillons !
Combien on a jasé sur mille folles choses !
Combien nous ont souri de belles lèvres roses !
Et combien ont surpris, les feuillages charmants,
De soupirs, de baisers et de chuchottements !
Pour moi, rêveur heureux qui bâtis sur une ombre
Un avenir rempli de voluptés sans nombre,
Je me mis à songer laquelle de retour
Pouvait de ces beautés payer mon vif amour ;
Car — sachez-le, dussé-je en encourir vos blâmes —
J'aime de prime abord toutes les belles femmes,

Et sur l'une des trois mon choix s'allait fixer,
Et mon cœur, en secret, allait se fiancer,
Quand mes yeux, éblouis par des lueurs étranges,
Crurent entrevoir trois divines têtes d'anges !

Au nom de mes amours, chacun ici rira;
Ces anges, quels sont-ils ? Des rats de l'Opéra !

GEORGES NICOLAS.

JEANNETTE.

ROMANCE.

Air nouveau de l'Auteur des paroles.

Jeannette, dans les prés fleuris,
Disait à l'humble pâquerette :
« Celui dont mon cœur est épris
« M'aime-t-il bien, ô ma fleurette ?
« Son langage est tendre et flatteur ;
« Mon âme à sa vue est ravie !
« Dis-moi, prophétesse chérie,
« Si c'est pour moi que bat son cœur ? »

Après qu'elle eut touché la fleur
De sa belle lèvre timide,
Jeannette, en sa simple candeur,
En ôta chaque feuille humide.
Dans l'attente de son bonheur,
Son regard semblait déjà lire
Ce que la fleurette allait dire :
« Oui, c'est pour toi que bat son cœur ! »

Et la fleur, au pouvoir si beau,
Jonchait la terre, dispersée,
Lorsqu'en ses bras un jouvenceau
Prit Jeannette, sa fiancée.
Puis, dans ce délire enchanteur,
On les entendit, âmes folles!
Confondre ces douces paroles :
« Oui, c'est pour toi que bat mon cœur! »

LOUIS LECLERC.

LA SAINTE ET LES CONSCRITS.

FABLE.

« Mon fils, prends ce médaillon,
« Il toucha la grande Sainte,
« Et tu peux aller sans crainte :
« Ton numéro sera bon. »
Ainsi parlait une mère
A son enfant chéri que la loi militaire
Appelait au tirage au sort.
Celui-ci, vers la commune,
Part, et madame Fortune
Lui donne un numéro fort.
De la Sainte alors tapage,
Et chacun pour son usage
Lui fit toucher quelque objet.
Quand vint le prochain tirage.
Tout Conscrit au cou portait
Sa bienheureuse amulette,
Et l'on vit chaque boulette

Donner un fort numéro.
« Ça sent le Macaluso !
« Dit l'autorité surprise ;
« Quelque adjoint nous subtilise :
« Les bas chiffres disparus !... »
« — Eh ! ne vous étonnez plus,
« Fit une joyeuse mère,
« La Sainte du presbytère
« Vous a joué ce tour-là. »
Alors on recommença ;
Mais la Sainte fit la morte,
Et des Conscrits la cohorte
Sentit de ci, de là, les tristes coups du sort.
En la Sainte on croit encor ;
Seulement chaque tirage
Apporte au Gouvernement
Son contingent.

Vous pouvez en faire usage,
Cela ne coûtera rien ;
Mais la dose de mal et la dose de bien
Existent toujours sur terre,
Et si Jean est heureux, alors gare pour Pierre !

A. LOGER.

BACCHUS.

Air de Mimi Pinson (A. de Musset).

Que je viens de faire un beau rêve !
Bacchus, des dieux le plus humain,
A nos travaux pour faire trêve
Nous visitait le verre en main.

Il nous apportait les prémices
Des vendanges et des moissons
Pour nous propices.
Son page, enfant aux doux caprices,
Était la Muse des chansons.

« Vive le dieu de la vendange ! »
Disaient mes amis, francs buveurs.
« Désormais chantons sa louange,
« Lui seul sait calmer nos douleurs.
« Vive ce souverain aimable !
« De le servir soyons heureux.
« Le vin, à table,
« Coulera pur et délectable :
« Bacchus est le meilleur des dieux !

« Plus de soirée où l'étiquette
« A la gaîté mettait un frein,
« Mais une éternelle goguette
« Où chacun dira son refrain.
« Plus de puérile bataille !
« Nous trinquerons à qui mieux mieux,
« Car la futaille
« Sera franche d'impôt, de taille :
« Bacchus est le meilleur des dieux !

« Que de bouteilles, de calices,
« Remplis pour célébrer toujours
« Et des amoureux les délices
« Et de l'amitié les beaux jours !
« Les épouses, toujours plus belles,
« Jureront aux maris joyeux
« D'être fidèles.
« Amour, nous couperons tes ailes !
« Bacchus est le meilleur des dieux !

« Réjouissons-nous, joyeux drilles,
« Buvons du matin jusqu'au soir!
« Sur nos genoux, charmantes filles,
« Franchement venez vous asseoir! »
Ainsi chantait d'un ton sonore
Un essaim de cœurs généreux;
Puis, vint l'aurore;
Et je croyais entendre encore :
« Bacchus est le meilleur des dieux! »

CONSTANTIN CH.

LE POÈTE-CHANSONNIER

DEVENU VIEUX.

AIR : Lise, vous ne filez pas.

Adieu, travaux que j'aimais!
Tout l'élan de poésie
Dont mon âme était saisie
S'est amorti pour jamais.
Déjà, — comme l'hirondelle
Fuit l'hiver à tire d'aile, —
Lise, à son sexe fidèle,
Fuit mes lares vermoulus,
Et, barde à la voix brisée,
On m'accable de risée :
Muses, vous ne m'aimez plus!

Pourtant, j'ai couvert de fleurs
Vos autels pusillanimes;
Nargué maints rois magnanimes
Pour mieux essuyer vos pleurs;

J'ai troublé par mon audace
Le pieux troupeau d'Ignace;
Chassé du sombre Parnasse
Des dieux, jadis absolus...
L'écho des bois solitaires
Ne rend que des sons austères :
Muses, vous ne m'aimez plus !

Fallait-il d'un temps si beau
Que l'hiver flétrît les roses,
Et que les autans moroses
Vinssent glacer mon flambeau ?
A l'aube de mon délire,
Sous le charme d'un sourire,
Je n'arrachais de ma lyre
Que des refrains dissolus ;
Horreur ! ma verve alourdie
Enfante une psalmodie :
Muses, vous ne m'aimez plus !

Tous ainsi nous finissons :
Soit sagesse, soit démence,
Tel marmotte une romance
Qui bégaya des chansons.
Ce n'est pas que je murmure
Contre les maux que j'endure :
Déchoir est dans la nature ;
Seulement, pauvre perclus,
Je gémis de voir un monde
Tomber dans la nuit profonde :
Muses, vous ne m'aimez plus !

GEORGES NICOLAS.

CHANT D'AMOUR.

A SYLVIE.

Air : Le plaisir, les amours (Salgat).

Étoile de ma vie,
Fille aux chastes attraits,
Tu couronnes, Sylvie,
Mes vœux longtemps secrets.
Ah ! désertons la ville :
Notre bonheur si pur
Réclame un sol tranquille
Et veut un ciel d'azur.

Pour passer d'heureux jours,
Partons avec mystère.
Sous un toit solitaire
Abritons nos amours.

Fuyons, fuyons, ma blonde !
Nos vierges sentiments
Étonneraient un monde
Fertile en faux amants.
Puis notre vrai bien-être,
Notre joie en sa fleur,
Ici, pourraient peut-être
Offenser le malheur.

Pour passer d'heureux jours,
Partons avec mystère.
Sous un toit solitaire
Abritons nos amours.

Liés du fond de l'âme
Par la sincérité,
Chauffons-nous à la flamme
De la félicité.
En la verte demeure
Où nous serons captifs,
Que Dieu voie à toute heure
Deux anges fugitifs.

Pour passer d'heureux jours,
Partons avec mystère.
Sous un toit solitaire
Abritons nos amours.

Vers la terre promise
Que nous habiterons,
Sur une onde soumise
Parfois nous voguerons.
Qu'il sera beau l'hommage
Des nymphes des roseaux
Lorsque ta douce image
Glissera sur les eaux !

Pour passer d'heureux jours,
Partons avec mystère.
Sous un toit solitaire
Abritons nos amours.

Sitôt que la nuit sombre
Tendra son voile noir,
Nous chanterons dans l'ombre
La romance du soir.
Par les échos rendues
De la colline au bois,
Va! nos voix confondues
Ne feront qu'une voix.

Pour passer d'heureux jours,
Partons avec mystère.
Sous un toit solitaire
Abritons nos amours.

Une crainte effroyable
Pourtant vient m'atterrer :
La mort impitoyable
Voudra nous séparer...
Savourons des tendresses
Qu'un souffle peut finir,
Et dans mille caresses
Oublions l'avenir.

Pour passer d'heureux jours,
Partons avec mystère.
Sous un toit solitaire
Abritons nos amours.

FERNANDO.

www.ingramcontent.com/pod-product-compliance
Ingram Content Group UK Ltd.
Pitfield, Milton Keynes, MK11 3LW, UK
UKHW021029220726
13924UKWH00001B/209

9 782014 442007